Jacob Wackernagel

Ueber den Ursprung des Brahmanismus

Antigonos

Jacob Wackernagel

Ueber den Ursprung des Brahmanismus

Unveränderter Nachdruck der Originalausgabe von 1877.

1. Auflage 2024 | ISBN: 978-3-38635-178-2

Antigonos Verlag ist ein Imprint der Outlook Verlagsgesellschaft mbH.

Verlag: Outlook Verlag GmbH, Zeilweg 44, 60439 Frankfurt, Deutschland, info@outlook-verlag.de
Vertretungsberechtigt: E. Roepke, Zeilweg 44, 60439 Frankfurt, Deutschland
Druck: Libri Plureos GmbH, Friedensallee 273, 22763 Hamburg, Deutschland

Ueber den

Ursprung des Brahmanismus.

VORTRAG,

gehalten zu Basel am 17. November 1876.

von

Dr. Jacob Wackernagel.

BASEL.
Schweighauserische Verlagsbuchhandlung.
(Hugo Richter.)
1877.

Schweighauserische Buchdruckerei.

Es sind gerade hundert Jahre, seit die erste Kunde von Sanskritsprache und Sanskritlitteratur in die europäische Oeffentlichkeit gelangte. Es geschah dies durch die Bemerkungen, die der englischen Uebertragung eines Gesetzbuches beigegeben waren, das die Brahmanen auf Grund ihrer alten Gesetzbücher für die englische Regierung zusammengestellt hatten. Mit diesen Bemerkungen begann ein Jahrhundert der tiefsten und emsigsten Durchforschung der indischen Ueberlieferung und des indischen Alterthums. Eine Litteratur hat sich uns aufgethan, zwar nicht so reich an Perlen wie die griechische, noch von so lebendiger Entwickelung, wie eine Litteratur der neuern Zeit, aber immerhin eine solche, die keinen, der sie kennen lernt, ganz unbelohnt lässt und an Werken von Gehalt der römischen Litteratur wohl ebenbürtig sein mag. Und ebenso die Cultur, die sich in ihr widerspiegelt, wie die Sprache, in der sie geschaffen worden, mögen übertroffen sein von der oder jener ältern oder höhern Cultur, der oder jener reicher ausgebildeten Sprache, zu den denkwürdigsten Erscheinungen gehören beide. Es war aber kein Zufall, dass im Anschluss an ein Brahmanenwerk die Erforschung des indischen Alterthums begann. Denn auch der zweite und dritte und jeder folgende Schritt ist im Anschluss an etwas Brahmanisches gethan worden. Was Indien Bedeutendes geleistet hat, ist von den Brahmanen geleistet worden; von ihnen stammt fast die gesammte alte Poesie, ihnen gehört an die Sanskritsprache; sie waren Begründer jeder Wissenschaft, vor allem der Philosophie, Leiter und Lehrer des Volkes zu allen Zeiten. Wenn schon von dieser Seite die indische Cultur als beruhend auf dem Brahmanismus kann bezeichnet werden, insofern dieser ist das Vorherrschen des Brahmanenstandes über das übrige Volk, so kann sie es ebensosehr noch in einem andern Sinn. Der Brahmanismus ist nicht blos ein Institut, sondern auch ein System, eine Religion. Wie die Autorität der Brahmanen das ganze Leben beherrscht, so beherrscht die Anschauung, dass vom Brahma alles, auch die Götterwelt ausgegangen sei und dass zu ihm alles, vor allem die Menschenseele, zurück müsse, das ganze Denken. Während aber das Volk selbst als dem unsrigen nah verwandt erkannt worden ist, steht der Brahmanismus so fremd und vereinzelt da, wie ehedem. Selbst wo wir bei andern Völkern ähnliches zu finden meinen, schwindet bei genauerer Betrachtung die Aehnlichkeit in nichts zusammen. Gesetzt z. B. ägyptische Priester oder Druiden hätten es den Brahmanen an Macht oder Exclusivität gleich gethan, gesetzt ferner, was für die Druiden allerdings in einem gewissen Grade gilt, sie seien ebenso, wie die Brahmanen, Träger der nationalen Cultur gewesen, an innerer Lebenskraft thun es diesen weder die einen noch die andern von ferne gleich. Von Druiden und ägyptischen Priestern weiss die Geschichte seit anderthalb Jahrtausenden nichts mehr; sie sind dem ersten Zusammenstoss mit ausländischer Cultur erlegen. Aber trotz den Heerzügen, die seit Alexander Indien in fast ununterbrochener Folge überflutheten, trotz der Fremdherrschaft zuerst von Griechen, dann von Persern und Mongolen, schliesslich von europäischen Völkern, trotzdem endlich, dass beinahe ein Jahrtausend lang eine feindliche Religion unter dem Schutz mächtiger Fürsten und dem Jubel der Volksmassen sich über den grössten Theil des Landes ausgebreitet hatte, lebt das Brahmanenthum bis auf den heutigen Tag fort. Noch heute werden dieselben Opfer vollbracht, dieselben Gebete und Lieder vorgetragen, wie damals als noch kein Westländer den Fuss auf indischen Boden gesetzt hatte. Worauf beruht nun diese unleugbare Einzel- und Sonderstellung des Brahmanismus? Ist er ihretwegen zu halten für eine Neuschöpfung des indischen Volkes, von Anfang an aus indischem Boden entsprungen? Est ist nicht zu leugnen, dass eine solche Annahme viel bestechenden Schein für sich hat. Aber wie, wenn die Vereinzelung daher rührte, dass die Gedanken, auf denen der Brahmanismus ruht, älter wären als das indische Volk und nur die Keime, aus denen jener hervorgewachsen, von andern Völkern nicht zur rechten Entfaltung gebracht worden? Die Frage kann ihre Beantwortung nur finden, wenn wir zurückgehen auf die Zeit, wo das indische Volk noch nicht in seiner Besonderung bestand, sondern seine Ahnen gemeinsam mit denen nicht blos der Eranier, sondern auch der Griechen und Italer, Germanen und Slaven das Volk der Indogermanen bildeten.

Allerdings ist die Frage nach der Religion dieses Urvolks, auf die es uns doch in erster Linie ankommen muss, schwierig zu beantworten. Zwar über seinen Mythus ist schon viel geforscht und gemuthmasst worden. Wie griechische und römische Geschichtsschreiber, sobald sie mit einem fremden Volk bekannt wurden, dessen Göttergestalten durch die kühnsten Zusammenstellungen mit den ihrigen identificirten, so oder ähnlich verfuhren die, denen die altindische Cultur in ihrer Grösse zum erstenmal entgegentrat. Man verglich fertige griechische Götter mit fertigen indischen, nach zufälligen und oft geringfügigen Uebereinstimmungen ihrer Eigenschaften oder ihrer Namen und trieb vergleichende Mythologie nach herodoteischen Principien. Seitdem ist es vermöge Ausbeutung älterer Quellen (namentlich des Veda) und einer strengeren Etymologie gelungen einen gewissen Grundstock indogermanischer Mythologie anzulegen. Als höchster Gott, um die griechischen Namensformen anzuwenden, der Himmelsgott Zeus, Vater der Götter und Menschen; eine Göttin der Morgenröthe Eos, eine dem Luftmeer gebietende *Τριτωνὶς Ἀθήνη*, ein Wolkendämon Pytho, eine vom Sonnengotte verfolgte Erinys; Dämmerungswesen wie Hermes und die Dioskuren: das sind die nachweisbaren Gestalten des damaligen Mythus. Allerdings zu urtheilen nach dessen reicher Fülle bei den ältesten Indern, Griechen und Germanen, kann er auch in der Urzeit nicht auf so wenige Gestalten beschränkt gewesen sein. Indessen, wenn er uns auch seinem vollen Umfange nach genau bekannt wäre, könnte er da uns einen Maassstab zur Beurtheilung der Urreligion abgeben? Zwar im engsten Zusammenhang mit der Religion steht er; er stellt dar, wie der Mensch sich Leben und Walten der Götter denkt, aus welchen Naturgebieten er sie sich entnimmt: aber nicht oder nur sehr verhüllt stellt er dar, wie der Mensch sich persönlich zu den Göttern stellt, was er ihnen gegenüber empfindet. Es ist der Mythus also zwar ein Spiegelbild der religiösen Phantasie, aber nicht des religiösen Gefühls, und die vergleichende Mythologie belehrender über die Urpoesie als über die Urreligion. Denn gerade der poetische Duft, den manche als gemeinsam erkannte Erzählungen an sich tragen, zeigt, dass die viel besprochene Aussage Herodots, einst habe das Volk die Götter namenlos verehrt und sei erst von den Heroen der

Dichtkunst, Homer und Hesiod, mit einem Mythus beschenkt worden, nicht so widersinnig ist, wie sie vielleicht scheint. In der vedischen Litteratur machen wir genug derartige Erfahrungen. Darin liegt eine zweite Warnung vor Ueberschätzung des Mythus. Die Dichter, die ihn pflegten und weiterbildeten, waren Männer hoch emporragend über ihre Volksgenossen; sie mögen gesungen haben zu begeisterten Festversammlungen, gewiss aber, wenn anders der indische Rishi und der griechische Aöde als ihre Nachfolger gelten dürfen, mit Vorliebe am Fürstenhofe. Manches mag von da in das Volk gedrungen sein, verstanden oder unverstanden. Ob aber Alles? War auch nur die Mehrzahl der Mythen Gemeingut der ganzen Nation? Wie wenig weiss z. B. ein Eumäus, der doch ein Typus althellenischer Frömmigkeit ist, von den alten Götter- und Heroengeschichten, mit denen die fürstlichen Helden der Ilias ihre Unterhaltung würzen? Ueberhaupt berichtet das volksthümlichere der beiden homerischen Epen, die Odyssee, sehr wenig von den Vorgängen auf dem Olymp. Es zieht vor, die Phantasie seiner Hörer mit Vogelzeichen und Omina zu beschäftigen. Das ist kein Zufall. Auch in der altindischen Litteratur steht neben einem aristokratischen Veda, voll mythischer Erzählungen, ein populärer mit abergläubischen Zaubersprüchen und Fluchformeln: und von den letztern sind einige sogar als gleichlautend mit alten deutschen Flüchen erkannt worden. Die Spukgestalten der Volksphantasie sind durchaus nicht jünger als die schönen Erzählungen von Sonne und Morgenröthe.

Es kann aus diesen Gründen eine noch so ausgebildete Mythenvergleichung den Geist der alten Religion nimmer vollkommen erschliessen. Wir müssen ein Gebiet suchen, wo sich deren Kern offenbart, und an dem das ganze Volk in gleichem Maasse theilnimmt. Dieses Gebiet ist aber der Cultus. Im Cultus äussern sich die innersten religiösen Empfindungen, nicht wie der Mythus spricht er von, sondern er spricht zu den Göttern. Und während jener den Dichter und seine Hörer heraushebt aus dem Volk, ist der Cult für die alten Nationen stets das am meisten Einigende und Zusammenfassende gewesen; er ist dem öffentlichen Leben, was der Mythus der Litteratur. Für die indogermanische Urzeit gilt dies ebenso gut als für historische Zeiten. Ihrem Cult nachzuforschen muss ebenso lohnend sein, als ihre Mythen zu ergründen: nicht zu reden von der vielen Belehrung in Culturgeschichtlichem, die uns daraus zufliessen müsste.

Nirgends fängt der Gottesdienst mit dem Schnitzen von Bildern und dem Bau von Tempeln an. Noch zu Tacitus Zeit glaubten es nach dessen ausdrücklichem Zeugniss die Germanen der Majestät der Götter unwürdig, dieselben in Wänden einzuschliessen oder in menschlicher Gestalt darzustellen. Aehnlich bei den classischen Völkern. Varro bezeugt, dass 170 Jahre lang, d. h. bis in die Tarquinierzeit die Römer keine Götterbilder gekannt. Homer, der doch weder der Götter noch ihres Dienstes uneingedenk ist, erwähnt nur einmal eines Bildes, nur zwei oder drei Mal eines Tempels. Ebenso die verwandten Stämme Asiens. Nach Herodots Aussage verschmähten die Perser in ihrem Götterdienst äussere Stätten und Bilder und hielten den für thöricht, der sie errichte. Auf ganz ähnliche Verhältnisse weist uns die älteste heilige Litteratur der Inder. Auf den höchsten Bergspitzen müssen in der Urzeit Altäre oder Opferplätze den Göttern geheiligt gewesen sein, wie es wiederum von den Persern Herodot bezeugt, und wie es bei den Hellenen an vielen Orten Sitte war, immerwährend von der Zeit, da Hector dem Zeus Stiere darbrachte auf den Höhen des vielgewundenen Idas, bis zu der, da der Perieget Pausanias Hellas bereiste und überall die Bergeshöhen als Sitze vielgepflegter Culte vorfand. Keine Stätte der Art trägt ächteres Gepräge ursprünglichen Alterthums, als jener heilige Bezirk des lycäischen Zeus auf dem höchsten Gipfel Arcadiens, innerhalb dessen kein Baum noch Thier Schatten warf: so lichtvoll war die Nähe des höchsten Gottes.

Indessen das Uebliche scheint der Dienst auf den Höhen doch nicht gewesen zu sein. Wenn es ein schöner Gedanke ist, mit den Göttern Mahlzeit zu halten da, wo die Erde dem Himmel am nächsten ist, so ist es als ein zum mindesten ebenso schöner, in alten laubreichen Bäumen Wohnstätte der Götter und Denkzeichen ihrer Gegenwart zu sehen, auf ihr Rauschen als göttliche Stimme zu achten und unter ihrem Schatten zu opfern. Und wenn z. B. der Zeusdienst auf der lycäischen Höhe uralt ist, so ist es nicht minder der Zeusdienst an der dodonäischen Eiche und ist zudem von ungleich höherer Bedeutung für griechische Religionsgeschichte. Baumcultus ist bei allen indogermanischen Stämmen als Vorgänger des Tempeldienstes erkennbar. Daher steht er in höchster Blüthe bei den Stämmen, die noch in historischer Zeit von Tempeln so gut wie nichts wissen, wie z. B. bei den Germanen. An derselben Stelle, wo er ihnen Tempel und Bilder abspricht, schreibt Tacitus ihnen die Weihung und Verehrung von Hainen zu. Der Baum vertritt also beides. Und das bestätigen hundert andere Nachrichten. Mit dem Fällen heiliger Eichen bricht das alte Heidenthum zusammen, und bei den Germanen und den klassischen Völkern knüpft sich an den Hain sein Fortleben in der Unterdrückung. Wo aber Tempel und Bilder auftreten, da stehn sie in deutlicher Verbindung mit älterer Baum- und Hainverehrung. Deutsche und Perser lassen auch den hölzernen und steinernen Bau gern von Bäumen beschattet sein. Nirgends aber war die Erinnerung an die ursprüngliche Art des Cultus lebendiger als in Griechenland, theils in Sagen und chronistischen Nachrichten, theils in darauf hinweisenden Gebräuchen. Bald wird das Götterbild dem Baum beigefügt, bald durch Anbauten der Baum in einen Tempel verwandelt (der berühmte Artemistempel zu Ephesus war auf und um eine alte Ulme errichtet) wodurch sie auch die Anlage von Städten und Burgen um heilige Bäume erklärt. Cultuscolonien werden durch Verpflanzung von Schösslingen aus dem heiligen Baum der alten Cultstätte vollzogen.

Höhendienst also und noch in höherem Grade Baumcultus, beides wie es scheint mit Ausschluss von Tempeln und Bildern, waren dem Urvolk eigen: freilich nicht ihm allein; auch die Semiten Vorderasiens opferten in Höhen und Hainen, und darum gegen beider Eindringen, als heidnischer Gebräuche, eiferten die Propheten Israels. Aber ein Ausfluss des Baumcultus scheint wenigstens in der ihm beigelegten Bedeutung eine Eigenthümlichkeit der indogermanischen Stämme gewesen zu sein. In dem Cultus der Mazdayaçnier, d. h. der Anhänger Zoroasters, war es gebräuchlich, ein Bündel von Zweigen heiliger Bäume, Bareçma genannt, in die Nähe aller Opfergegenstände zu bringen, um sie zu heiligen. Das nächstverwandte Volk, die Inder, kannten ein ähnliches Bündel; sie liessen es, so lang das Opfer dauerte, von einer Hand zur andern wandern, um die Gegenwart des Brahma zu versinnbildlichen. Beide Gebräuche sind verwandten Ursprungs und haben bei den occidentalischen Stämmen ihre Analoga. Der eranische Gebrauch beruht auf der Anschauung, dass nur auf Zweigen heiliger Bäume dargebracht, die Opfergabe den Göttern genehm sein könne, und diese Anschauung wiederum auf der einst überall, wo der Raum noch Tempel war, bestehenden Sitte Opfer und Weihgeschenk auf dem Zweig des betreffenden Tempelbaums niederzulegen. Ganz ebenso feierten die Samier ihre Opfermahlzeit auf einem Lager aus Zweigen des der Hera heiligen Weidenbaums, und verwendeten die Römer ihre Verbenae, die Inder ihre Opferstreu zur Darbringung der Opfergabe. Noch viel bedeutungsvoller ist, was die Inder mit ihrem Herumgeben des Grasbündels darstellen. Laub und Zweig des heiligen Baumes waren des göttlichen Numens Sitz: also der Zweig Träger der göttlichen Gegenwart, und damit das, was jede Handlung zu einer heiligen stempelt. Daher der Oelzweig auf dem Haupt des römischen Flamen, der von allem profanen Leben und Treiben ausgeschlossen, stets dem Gotte, dessen Opferer er ist, nahe sein soll, und, noch eindringlicher zu uns redend, die Struppi, d. h. die Bündel glücklicher Zweige, die bei Veranstaltung von Opfermahlzeiten als Merkzeichen der Gegenwart des Gottes auf das Pulvinar gelegt wurden. Daher ferner, nur mit verschönernder Umwandlung des alten Brauchs, die Kränze auf dem Haupt des Opfernden und des Theilnehmers am Festzuge bei den Griechen: Herolde und Boten weihevoller Andacht nennt jene in edeln Versen der Dichter Chaeremon.

Im Zusammenhang mit dieser Bedeutung des Baumzweiges und des daraus hervorgegangenen Kranzes steht deren Anwendung durch Herolde und Schutzflehende bei den Griechen und durch die Fetialen bei den Römern; sie stellen die letztern unter göttliche Obmacht und auf gleiche Linie mit denen, die an einem Altar Schutz gesucht. Zugleich an den indischen und den eranischen Brauch erinnert es, wenn bei den classischen Völkern und den Germanen Altar und Opferthier bekränzt werden, und wenn Plinius von den Galliern berichtet, dass sie kein Opfer ohne Anwendung von Eichenlaub vollziehen. Von Eichenlaub: denn die Eiche ist bei ihnen, wie bei den Griechen, die Wohnstatt des höchsten Gottes: auch Zweige und Kränze waren stets dem Baum entnommen, der dem betreffenden Gotte heilig, also nach ältestem Glauben die Hülle seines Numens war.

Diese und andere hier besser übergangene Uebereinstimmungen im Gottesdienste der verwandten Völker betreffen mehr dessen äussere Zurüstung; die Seele des Gottesdienstes ist das Opfer. Aber gerade dessen Bedeutung ist vielfach für uns im Dunkel. Jede Zeit legt die eigenen Gedanken hinein und die ursprünglich zu Grunde liegenden Anschauungen werden verhüllt. Dies tritt vor allem hervor in der Art, wie das Alterthum sich das Opfer der Urzeit denkt. Einerseits nämlich streitet es derselben das Thieropfer ab. „Einst," meint Plato, „sei nichts Beseeltes den Göttern geopfert worden, nur Kuchen und mit Honig befeuchtete Früchte; die Menschen selbst hätten ein schuldloses orphisches Leben geführt." Und nicht minder glaubten die Römer, die blutigen Opfer seien Numa's Satzungen fremd gewesen. Anderseits soll die älteste Generation dem Menschenopfer im weitesten Maasse gehuldigt haben. Diese Vorstellung ist bezeugt durch die vielen Sagen von solchen Opfern, abgeschafft bald durch den Gott selbst, dem sie galten, bald durch einen grausamer Sitte feindlichen Heros. Daher auch die vielen Deutungen ganz anders gemeinter Gebräuche historischer Zeit als Ueberreste von Menschenopfern. Hier liegen offenbar Regungen bösen Gewissens zu Grunde. Wie der geringe Antheil der griechischen Götter am Opferschmaus entschuldigt wird durch des

Zeus eigene vollbewusst getroffene Wahl bei dem Bundesvertrag zu Mekone, so beschwichtigt sich der Grieche das Gefühl, dass nur das theuerste Leben der Götter würdig sei, durch die Vorstellung von freiwilligem Verzicht eben der Götter darauf. Jenes Gefühl war offenbar geweckt durch das Beispiel der semitischen Völker, deren religiöser Enthusiasmus in Hinopferung menschlichen Lebens am liebsten sich genug that, und mit oder ausser Begleit solchen Opfers von dem grössten Einfluss auf Griechenlands religiöse Cultur gewesen ist.

Jene Sagen aber über einstigen Bestand blos unblutiger Opfer verdanken denselben Empfindungen ihre Entstehung, unter deren Einfluss die Aegypter das Opferthier bejammerten und beweinten und Eranier und Inder allmälig zur vollständigen Beseitigung des Tödtens der Thiere gelangten. Es haben somit all' die Erzählungen vom ursprünglichen Opfer nur darum hohen Werth, weil darin die Urzeit als Gegensatz und Gegenbild zur Wirklichkeit dasteht, weil also in historischer Zeit der Opferdienst weder von jenem Trieb das Theuerste hinzugeben, noch von jenem Erbarmen mit dem blutenden Thiere wusste, vielmehr einfach in Darbringung der bei den Menschen üblichen Nahrung bestand. Wie der Germane, so mochte auch der Grieche und Römer den Göttern keiner andern Thiere Fleisch darbringen, als solcher, die sie selbst auch genossen. Die homerischen Helden opfern auch Poseidon keine Fische, und die Solitaurilien der Römer, die sich factisch schon bei jenen finden, entsprechen sowohl in ihrem Ganzen als in ihren, die üblichen Gelegenheitsopfer bildenden, Theilen genau dem Besitzthum an Thieren und der Ernährungsart des Volkes. Aehnliches gilt für die übrigen Stämme. Davon finden sich allerdings sehr merkliche Abweichungen, und als merklichste das Menschenopfer. Den Indogermanen Asiens so gut wie ganz fremd, scheint es bei den klassischen Völkern nicht gar so selten zu sein. Indessen sahen wir, wie werthlos in dieser Hinsicht die Erzählungen der Alten über urzeitliche Menschenopfer sind. Der griechischen Cultstätten, wo solche in geschichtlicher Zeit thatsächlich vorkommen, sind äusserst wenige, und kaum eine, bei der nicht semitische Gottesverehrung eingewirkt hätte. Deutlicher ausgeprägt kehrt dasselbe Verhältniss bei den Römern wieder, wo alle Fälle von Menschenopfern, die wirklich vorkommen, von der Ueberlieferung selbst zurückgeführt werden theils auf die sibyllinischen Bücher, von jeher die Träger fremdländischer Religionseinflüsse, theils auf Nachahmung etruskischer Sitte. Altrömische und altitalische Sitte kennen das Menschenopfer nicht. Nach diesen Uebereinstimmungen sind wir durch nichts dazu verpflichtet, es der Urzeit zuzuschreiben. Freilich stimmt dazu schlecht die Häufigkeit des grausamen Gebrauchs durch ganz Nordeuropa. Sie würde nothwendig das gewonnene Resultat umstossen, wenn nicht die allermeisten der betreffenden Fälle in einen ganz andern Zusammenhang hineingehörten, den der Sitte, einen Verstorbenen auf dem Weg des Todes durch einen seiner Angehörigen begleiten zu lassen. Daher die Wittwenverbrennung bei Indern, Scythen, Thraciern, bei Slaven und Preussen, dann daneben oder statt derselben Mitverbrennung von Sclaven: so bei den Scythen und vielfach bei den Germanen. Mit dem letztern Gebrauch hängt zusammen das Hinschlachten der Gefangenen, die betrachtet wurden als Eigenthum derer, die in der siegreich durchfochtenen Schlacht gefallen waren, und darum würdig dieselben zu begleiten ins Todtenreich. Diesem Gebrauch, dem ja auch Achill bei Patroklos Tode gehuldigt, gelten beinahe alle Klagen über

Menschenopfer, von den Kämpfen der Römer mit Galliern und Germanen an bis zu denen der Deutschritter mit den heidnischen Preussen. Wirklich religiös gemeinte Menschenopfer sind für im Verhältniss wenig Fälle bezeugt und in ihrer Vereinzelung ohne Beweiskraft.

Aber auch abgesehen von allen Variationen des Menschenopfers und abgesehen ferner von den Opfern, bei denen Gott und Opferthier aus der Fremde hergekommen sind, finden sich bei den Alten Opfergaben, die sich nicht so leicht als einfache Darbringung der üblichen menschlichen Nahrung erkennen lassen. So das Pferdeopfer. Es findet sich dasselbe in einigen uralten und ganz nationalen Bräuchen bei Griechen und Römern; ich erinnere an die Versenkungen von Pferden zu Ehren Poseidons bei jenen, an das dem Mars dargebrachte October equus bei diesen. Allein ebenso sicher als Alter und Ursprünglichkeit sind die Seltenheit und Eigenheit derartigen Opfers. Beides reimt sich nur unter einer Voraussetzung, dass dasselbe traditionell, aber den zeitgenössischen Anschauungen widerwärtig war. Ebendahin führt eine brahmanische Erzählung, einst habe als regelrechtes Opfer der Mensch gegolten, dann sei von ihm die Opferfähigkeit gewichen und auf das Pferd übergegangen, dann auf das Rind, schliesslich vom Thiergeschlecht überhaupt gewichen und das Opfer auf Darbringung von Früchten beschränkt worden. Die Notiz ist Speculation in Bezug auf das Menschenopfer, das niemals bei den Indern als wirklich bestehend erwähnt wird, aber werthvoll für die Beurtheilung der Thieropfer: wir lernen aus ihr, dass die später durchgedrungene Abneigung gegen das Thieropfer überhaupt zuerst beim Pferd sich zu äussern begonnen hat, dass also die in alter Zeit üblichen Pferdeopfer nur mit einem gewissen Widerwillen vollzogen wurden.

Im Gegensatz hierzu erscheinen diese bei den nordischen Stämmen im grössten Schwange. Dieser Gegensatz ist von einem gewissen Werth für die Culturgeschichte. Bei allen den Stämmen, wo sich da Widerwille zeigt, ist das Pferd reines Hausthier und steht auf derselben Linie mit dem Ackerstier, dessen Opferung zwar ebenfalls gelegentlich vorkommt, aber im Allgemeinen verpönt ist. Dagegen kennen es die nordischen Völker in halbwildem Zustand und in Heerden zusammengerottet, also als Jagd- und Nährthier wohl verwendbar. Nothwendig müssen aber der Zeit, in der das Pferdeopfer eingesetzt wurde, Zustände der letztern Art eigen gewesen sein und bei den Indogermanen also das Pferd noch nicht so rein als häuslich gehegtes Reitthier gegolten haben, wie bei ihren Nachkommen, Indern, Griechen, Italern.

Ferner: bei gewissen Culthandlungen der Griechen wird der allgemeine Trank, der Wein, verschmäht und Göttern der verschiedensten Art sogenannte nüchterne Trankopfer dargebracht. Diese nüchternen Trankopfer bestanden aber in der Regel aus einem sonst wenig üblichen Honigmischtrank. Auch hier ist die Abweichung vom allgemeinen Brauch Ueberrest einer ältern Zeit. Die Weincultur ist erst zu den Griechen gelangt, als sie in ihren historischen Wohnsitzen angelangt waren; die damit verbundenen religiösen Gebräuche, wie der Name des Trankes selbst, sind durchaus semitisch. Eigene Sagen der Griechen lassen die Urzeit nicht Weins, sondern berauschenden Honigs sich bedienen; und dass denselben eine ächte Erinnerung zu Grunde liegt, dass die Indogermanen wirklich Meth tranken, zeigt die Sitte der nordischen Völker und die gelegentliche homerische Benennung des Weins selbst mit dem alten Worte für Honig. So erklärt sich nun, warum in einem andern griechischen Cultus zwar Wein dargebracht, derselbe aber μέλι Honig genannt wurde, und warum es in den Satzungen Numa's, freilich nicht denen der spätern Römer, verboten war, den Scheiterhaufen mit Wein zu begiessen.

Das Opfer also Darbringung der menschlichen Nahrung: es fällt damit von vornherein die Bedeutung weg, die es bei den Semiten gehabt haben muss, und die auch der Grieche und Römer gelegentlich für wahrer hielt, als die bei ihm selbst geltende. Der Semite opfert um seine innere und äussere Abhängigkeit von der Gottheit zu documentiren; so gefasst ist das Opfer der treue Ausdruck jenes religiösen Enthusiasmus, wie er uns aus den schwärmerischen Diensten z. B. Kleinasiens zur Genüge bekannt ist. Allein jenes kann das nur sein vermöge der Rolle, die darin das Menschenopfer spielt, vermöge eines Thieropfers, in welchem der Tod des Thieres und das Fliessen seines Blutes wichtiger sind, als die Darbringung seines Fleisches, und vermöge des Charakters des gesammten Ceremoniells. Das semitische Opfer ist Sühnopfer und Dankopfer. Das indogermanische Opfer kann vor allem nicht Sühnopfer sein: denn wie kann Darbringung der eigenen Nahrung sühnen? Um so leichter freilich scheint sich diese als Dankopfer fassen zu lassen. Wenn z. B. der Grieche jede Mahlzeit und jeden Trunk, den er thut, mit einer Spende an die Götter einleitet, wenn der Germane die Erstlinge des Felds und Viehs auf dem Altar darbringt, so scheint das nichts zu sein als ein Dankzoll den Gebern dieser Gaben geleistet. Aber wenigstens für den Griechen ist diese Auffassung unzulässig. Sonst würde er den Wein dem Weingott spenden: aber er spendet ihn Zeus und den Olympiern und zwar nicht als Gebern des Guten, sondern als Rettern. Es fehlt also jede Beziehung zu einem etwanigen Dankopfer.

Solche Spenden und Gaben sind einestheils einem blossen Act ehrfurchtsvoller Rücksicht gegen die Herren der Welt entsprungen; die Götter werden als fürstliche Ehrengäste behandelt, wie ja auch die Weihgeschenke nach dem Sieg mit dem Beuteantheil des Königs auf einer Linie stehen. Sie sind anderseits reine Ritualopfer, insofern z. B. der Abendtrunk dem Hermes gilt, weil er der Dämmerung waltet, und die Mahlzeit nicht das Veranlassende, sondern das Angeknüpfte.

Kämen nur die Indogermanen Asiens in Betracht, wir wären über die Bedeutung des Opfers bald im Reinen. Wir würden es ohne weiteres als Bittopfer erkennen. Dem Inder ist das Opfer nur das Vehikel seiner Wünsche. Reichthum, langes Leben und Nachkommenschaft soll es ihm verschaffen. Der Eranier will mittelst desselben die Nähe und Hülfe der guten, die Entfernung der bösen Geister bewirken. Genau betrachtet zeigen aber die europäischen Stämme ähnliche Auffassung. Für die nordischen Völker freilich fliessen die Quellen spärlich und trübe, weil römische und christliche Berichterstatter äussere Ceremonien genau berichten und dabei doch in ihrer Deutung, beherrscht von eigenen Anschauungen, gänzlich fehlgreifen können. Immerhin sind wirkliche Sühnopfer für dieselben kaum bezeugt, und Bittopfer zum mindesten ebenso vielfach als Dankopfer. Das griechische Leben stellt sich von Ausländischem rein nur bei Homer dar: und Homer kennt weder Dankopfer noch Sühnopfer, auch keine entsprechenden Gebete. Wo immer bei ihm mit bestimmter Motivirung geopfert wird, geschieht es, um sich für kommende Geschicke die Hülfe der Götter herbeizuführen. Freilich die Mehrzahl der Opfer erhält keine besondere Motivirung. Es werden einfach die durch rituale Uebung gebotenen vollzogen. Indess sind auch diese nicht anders aufzufassen. Durch Opfern, das ist die Anschauung, erwirbt man ein Recht auf Wohlthaten von Seiten der Götter, ein Recht, das in jeder Verlegenheit von grossem Werthe ist. Eine ganz analoge, freilich mehr ins tiefe gehende Anschauung findet sich bei den Indern. Sie glauben, dass kein Opfer verloren ist, sondern dass alle die Güter, die aus solchem dem gegenwärtigen Leben hätten erwachsen können, dem zukünftigen zufallen, — dass durch Opfern ein jeder sich erbaue Leib und Leben in der kommenden Welt. Jene homerische Anschauung aber, wonach das Opfer, eben weil bittend, einen Rechtstitel erzeugt, ist es, welche den gesammten römischen Cultus trägt. Dass jede Leistung des Opfernden eine Gegenleistung des Gottes bedinge, und dass dieser sei ein Hülfsinstrument zur Erreichung concreter Zwecke, sind beides den römischen und den brahmanischen Opfertheologen gemeinsame Grundsätze: Nur — und das kennzeichnet wiederum den practischen Sinn des Römers im Gegensatz zu dem transscendentalen des Inders — es verzichtet der Römer auf Opferwirkungen für das Jenseits. Bei ihm erscheint das Bittopfer zumeist als Versprechen, als Gelübde und wird fällig erst, wenn es Frucht getragen.

Es ist allerdings nicht zu leugnen, dass das Opfer der antiken Völker gelegentlich den angedeuteten Character zu verlieren und als Dank- oder Sühnopfer aufzutreten scheint. Allein das Dankopfer ist anerkannt selten, und von was für Anschauungen es mag ausgegangen sein, ist erkennbar aus verschiedenen Dankgebeten, worin die Götter ersucht werden um Bewahrung bis dahin bezeigten Wohlwollens. Auch die Supplicationes der Römer sind niemals blosse Dank-, sondern immer zugleich Bittfeste gewesen.

Von grösserer Wichtigkeit wäre das Vorhandensein eines Sühnopfers. Zwar den Römern, so oft auch man es ihnen zuschreibt, ist dasselbe durchaus fremd. Man rechnet dazu gewöhnlich die Lustrationes und Lustra einer- und die sogenannten Piacula anderseits. Allein jene Lustrationen, bestehend in gottesdienstlichen Umzügen oder Musterungen sollen nach deutlicher und klarer Aussage der dabei gesprochenen Gebete nichts anderes, als für die umzogene Stadt, das gemusterte Volk Schutz und Hülfe der Götter herbeiführen; sie sind also Bittfeste im strengsten Sinne des Wortes. Von Sühnungen ist aber auch bei den Piacula keine Rede. Deren meiste bestehen einfach in Wiederholung einer heiligen Handlung, die durch eine Verletzung des Ceremoniells ungültig geworden war; derlei Opfer sind unvermeidlich bei allen Culten, wo überhaupt auf reines Ceremoniell gehalten wird; das Piaculum ist nach römischen Begriffen ganz dasselbe, was im Rechtsverkehr des täglichen Lebens eine zuvor in schlechter Münze geschehene Zahlung hernach in guter Münze vollzogen. Einige Piacula kehren freilich regelmässig wieder, weil die Ceremoniellverletzung regelmässig ist, z. B. im Fest der Arvalischen Brüder, vermöge der Verwendung des Eisens statt altheiligen Kupfers. Wie sehr der Begriff der Entschädigung für Benachtheiligung von Recht und Eigenthum der Götter das römische Piaculum trägt, zeigt die Vollziehung eines solchen für das Entnehmen von Holz aus heiligem Hain. Ueber diese Grenzen hat sich das römische Piaculum niemals ausgedehnt, kann also hier gar nicht in Betracht kommen.

Viel eher noch bei den Griechen zeigt sich eine gewisse Hinneigung zu Sühngebräuchen, namentlich von Seiten des apollinischen Dienstes.

Aeussere Reinheit als erstes Erforderniss zu jeder heiligen Handlung ist, wie allen Völkern, so auch den indogermanischen Stämmen eigen. Nirgends ist dies zu solcher Ausbildung gebracht, wie in der Religion Zoroasters, indem hier was nur Vorbedingung der heiligen Handlung war, die Reinigung, zur heiligen Handlung selbst erhoben und die Veranlassungen dazu ins Unendliche gesteigert wurden. Bei allen Stämmen machte vor allem Berührung eines Todten unfähig zum Verkehr mit den Göttern, und es bedurfte allerlei Ceremonien, um sie zu beseitigen. Hieran nun knüpfte die apollinische Religion eine überaus segensreiche Einrichtung, die Reinigung dessen, der durch eigene Herbeiführung des Todes als doppelt befleckt erscheinen musste. Zwar der eigentliche Mörder hatte nichts mehr zu hoffen, aber eben von ihm den Todtschläger und den gerechtfertigten Mörder zu scheiden und diesem durch Reinigungsgebräuche den Zutritt zum gottesdienstlichen und bürgerlichen Leben zu ermöglichen war das, was die alten Reinigungspriester vollzogen. Apollo selbst wurde, wie die Delphier sich erzählten, und wie sie es in Festgebräuchen darstellten, durch die Erlegung des Pytho genöthigt nach dem Hain von Tempe zu ziehen und dort mit dem Laub seines heiligen Baumes sich zu reinigen. Aehnlichen Riten unterzog sich nach attischer Sage Theseus, als er durch Erlegung von Räubern und Ungeheuern Attika gesäubert hatte. An Orestes brauche ich nicht zu erinnern. Diese hellenischen Reinigungen haben mit dem Sühnopfer das gemein, dass auch in ihnen durch die Kraft einer Cultushandlung ein Schuldbeladener schuldfrei wird: aber auch nur dieses. Denn die dabei gelegentlich vorkommende Anwendung von Thierblut besagt nichts, insofern sie auch bei andern heiligen Reinigungen sich findet; auch das Opfer, das etwa jenen Reinigungen folgte, sollte nicht die Entlassung von der Schuld bewirken, sondern den Wiedereintritt in die

Volksgemeinschaft inauguriren, dem solennen Opfer gleich, das in Sparta nach lykurgischer Anordnung an die Ablegung elftägiger Trauer sich anschloss.

Ausserhalb dieser Reinigungsgebräuche kennt der Grieche nur verdächtige Anklänge an Sühnopfer. Zu geschweigen der für die hingemordeten Kinder der Medea in Korinth begangenen düsteren Gebräuche, die nichts sind als ein von Osten her eingeführtes Klag- und Trauerfest, den Hyacinthien und der Ikarosfeier ähnlich, können höchstens Opfer an feindliche oder schuldverfolgende Götter in Betracht kommen. Dafür dass dämonische Wesen in heimlichen Culten und mit fremdartigen Gebräuchen da und dort in Hellas verehrt wurden, sind uns gewichtige Zeugnisse erhalten. Wir dürfen annehmen, dass da auch Sühnungen vorkamen. Aber nach eben jenen Zeugnissen standen diese Culte ganz ausserhalb der herrschenden Religion. Von gewaltigerer und umfassenderer Bedeutung war der Dienst der Rachegöttinnen, der Erinyen. Man möchte meinen, ihr Dienst, dem doch an genug heiligen Stätten obgelegen wurde, könne in nichts anderem als Sühngebräuchen bestanden haben. Trotzdem verhält es sich anders. Die Erinyen gehören zu den ältesten Gestalten der indogermanischen Religion, sie erscheinen in vedischen Liedern als nah verwandt dem Hermes, weil sie mit ihm wirken in der Dämmerung, mit ihm werden sie zu Todesgottheiten, weil in der Dämmerung das Leben des Tags nächtlichem Tod anheim fällt. Aber während Hermes zum milden, gütigen Seelenführer wird, kehren sie schon in ältester Zeit die finstere Seite des Todes heraus und werden zu Rachegöttinnen. Nicht dass den Griechen der Tod als solcher eine Strafe geschienen hätte, etwas Anderes als ein über Alle verhängtes herbes Geschick. Sie werden vielmehr Rachegöttinnen vermöge der Art des Todes, den sie bereiten, weil sie, nach Agamemnons Worten beim Vertragsschwur zwischen Griechen und Troern, von unten her den Menschen mitten im Schaffen überraschen und weil sie allstündlich dem Schuldigen den Tod vor Augen stellen, als seine Ebenbilder Siechthum und Wahnsinn senden. Die Rachenatur der Erinyen beherrscht schon Homer und tritt in ihrer höchsten Gewalt bei den Tragikern auf. Aber die Cultgebräuche gehen zum Theil auf ihre ältere Bedeutung zurück. Es opfert ihnen, wer schuldlos einen würdigen Tod und vor dem Tod kein von Todesgedanken gequältes Leben wünscht. Oder auch, weil die Erinyen nur wirken oder mit Vorliebe wirken, wenn sie von dem, der den Frevel erlitt, angerufen werden, empfangen sie von diesem ein Opfer um zur Ausübung ihrer Pflicht ermuntert und gestärkt zu werden. Aber der Schuldige, bei dem allein das Opfer ein Sühnopfer sein könnte, wird nicht zum Opfer zugelassen. In dem alten Erinyenheiligthum zu Keryneia in Achaia soll, wer von Blut befleckt eintrat, mitten im Tempel vom Wahnsinn erfasst und späterhin, solches zu verhüten, nur der durch genaue Prüfung als schuldlos erkannte vorgelassen worden sein. Auch Orest kann sich durch kein Opfer, nur durch areopagitischen Richterspruch seinen Verfolgerinnen entziehen. Und das zur Erinnerung an jenen Spruch, wie Aeschylus erzählt, gestiftete Erinyenheiligthum am Areshügel gab nur dem Zutritt, der durch Urtheil eben des Areopags für schuldlos war erklärt worden. Also in einem Dienst, in dem die Gedanken an Schuld und Strafe mehr als in irgend einem andern mächtig waren, von Sühnopfern keine Spur. So fern lagen solche dem Griechen!

Freilich ein Einwand, der gegen den Sühncharakter des griechischen und fernerhin des indogermanischen Opfers geltend gemacht wurde und der für das Dankopfer allerdings dahin fällt, gilt scheinbar auch dem Bittopfer. In welchem Sinn kann dargebotene Nahrung geeignet sein als Vehikel menschlicher Wünsche zu dienen? Allein die Frage ist nicht so schwierig wie sie scheint. Bei den Griechen, wie bei allen andern Stämmen, galt stetsfort der Glaube, dass das Opfer den Göttern Genuss bereite, dass die im Opfer dargebrachte und dadurch geheiligte und aufwärts gesandte Speise den Bedürfnissen der Götter entgegen komme: es ist dies ein Glaube, der keiner Belege bedarf. Nun haben allerdings die Griechen sich mit der Abhängigkeit der Götter vom Opfer d. h. mit der Frage, was aus den Göttern würde, wenn die Opfer unterblieben, nur im Scherz beschäftigt; so erscheinen in Aristophanes Vögeln die Götter durch das Vogelreich, das alle Opfer an sich zieht, in grosse Hungersnoth versetzt und damit zur Abgabe der Weltherrschaft an die Vögel genöthigt. Indessen scheint den Dichter die Phantasie doch nicht so weit über die wirklichen Volksvorstellungen darüber hinausgerissen zu haben. Die Anhänger Zoroasters nämlich widmen den Göttern zwar das Opfer, aber sie zeigen es ihnen nur und schicken es ihnen nicht im Feuer zum Himmel hinauf. Da nun neben dieser Sitte die Anschauung einhergeht, dass der Hunger ein Werk des Ahriman und den guten Göttern fremd sei, und zwischen beiden einen Zusammenhang zu suchen äusserst nahe liegt, scheint die Emporsendung des Opfers auf Grund der Bedürfnisslosigkeit der Götter unterlassen worden zu sein; es würde nach parsischer Anschauung wirkliches Emporsenden Speisebedürfniss bei den letztern voraussetzen. Bei denselben Parsen sind die guten Genien zweiter Ordnung, also die untern Götter, in ihrer Thätigkeit von der Darbringung des Opfers abhängig. Erhalten sie von den Menschen nicht die vorgeschriebenen Gaben, so werden sie kraftlos und unfähig ihren Pflichten nachzukommen, es sei denn dass Ormuzd ihnen auf übernatürliche Weise Hilfe bringe. Aehnliches gilt im Dienst der Fravashi. Fravashi heissen die Seelen der abgeschiedenen und der noch ungeborenen Menschen, ihr Dienst ist also Manendienst. Einzelne unter ihnen, die Manen von allen Heiligen und Helden, geniessen auch ausserhalb des Kreises ihrer Nachkommen Verehrung. Sie sind Helfer in der Noth und, was die Hauptsache, werden dazu befähigt durch allmonatliche Opferspenden. Die Analogie mit dem griechischen Heroen- und auch dem römischen Manendienste ist schlagend. Nach dem Glauben der Römer hatten die Spenden an Todte den Erfolg nicht nur den Ort der Bestattung zu einem Heiligthum zu machen, sondern den Geist des Verstorbenen zu beruhigen und zu erhöhen d. h. zu einem reinen geistigen Wesen gleich den übrigen Dii Manes zu machen. Ganz ebenso die Griechen. Schlagend vor allem das älteste aller bezeugten Todtenopfer, das des Odysseus, der vermittelst des Bluts geopferter Thiere die Verstorbenen aus der Schattenhaftigkeit zum menschlichen Bewusstsein emporhebt. Wem aber immerwährender Dienst zu Theil wurde, in älterer Zeit meist mythischen Gestalten und besonders hervorragenden Männern, galt als Heros d. h. er ward aus der Nichtigkeit der gewöhnlichen Todten doppelt erhoben: zu einem glücklichen Leben auf den Inseln der Seligen und zur Fähigkeit den Seinigen ein Retter zu sein. Es erhebt also die Kraft des Opfers aus dem Nichts zur Gottähnlichkeit. Dürfen wir glauben, das nur in wenig Ceremonien verschiedene Götteropfer habe eine wesentlich andere Bedeutung gehabt, und sei vielmehr nicht auch zur Stärkung und Erhöhung der Götter bestimmt gewesen, wenn auch die Scheu verbot es so klar zu fassen. Es kommt hinzu, dass namentlich bei Todtenfesten Hermes und die Unterweltlichen, aber auch sonst andere Götter zusammen mit Todten und Heroen ein Opfer empfangen. Soll da nicht eine Doppelnatur des Opfers supponirt werden, so muss auch das Opfer für die Götter als eine Quelle der Lebenskraft für sie gefasst worden sein.

Damit streitet allerdings, dass griechischer, indischer und deutscher Glaube dieselbe Wandlung, die bei Menschen und Heroen durch das Todtenopfer bewirkt wird, auf Genuss des Unsterblichkeitstrankes, auf Nectar und Ambrosia zurückführt. Nach homerischer Anschauung ist dies eine Speise ganz anderer Art als die irdische, und ist uranfängliches Eigenthum der Götter, höchstens, dass Zeus der Tauben bedarf um ihm Ambrosia zu bringen. Allein diese homerische Anschauung steht ziemlich isolirt da. Milch und Honig oder der Extract der feinsten Theile daraus galt bei den Griechen selbst nach einer alten Nachricht als Götterkost, und wie Apollo eben geboren durch den Genuss von Ambrosia zum mächtigen Gotte erhoben wird, so der junge Zeus, den die Dichterin als nectargetränkt schildert, durch den von Milch und Honig. Dies tritt bei den andern Völkern, die darüber Sagen haben, noch mehr hervor. Die Germanen fassen den Göttertrank einfach als Meth; die Eranier und, wenigstens in älterer Zeit, die Inder als Soma, des Meths asiatisches Aequivalent. Und dann was bei Homer nur in zarter Andeutung bewahrt ist, dass nämlich Zeus diese Speise von der Erde sich muss durch seine Boten bringen lassen, erscheint bei den andern Völkern als Gegenstand ausgebildeter Sagen, denen bei all ihrer Verschiedenheit das eine gemeinsam zu Grunde liegt, dass in der Gegenwart freilich die Götter den Trank ungestört empfangen und geniessen, aber erst nachdem sie den Riesen deren

Besitz entzogen haben. Riesen, welche Naturbedeutung immer auch ihnen zu Grunde liegen oder nicht zu Grunde liegen mag, bezeichnen in der lebendigen Volksanschauung die Vorgänger der Menschen in der Bewohnung der Erde, die als solche zum Theil als Stifter der Cultur, meist aber als roh und der Verehrung der Götter abhold gedacht werden. Während nun nach der nordischen Sage Odin den Trank unmittelbar an sich nimmt, lässt der indische Mythus bald den höchsten Gott selbst, bald dessen Boten den Trank von dem halbrohen Urgeschlecht der Asuren übertragen auf Manu, den ersten Menschen, damit er ihn den Göttern opfernd darbringe. Also hier als Quelle der göttlichen Unsterblichkeit das Opfer. Dies ist nicht etwa eine von den Indern begangene Vermischung. Wie die Inder, fassen auch die Eranier den Unsterblichkeitstrank als Soma, ein berauschendes Getränk, das aber durchaus nur im Opfer zur Verwendung kommt. Besonders beachtenswerth aber ist die Schilderung, die sich die Zoroastiner von dem Ende der Tage machten. Nach ihrem Glauben wird da der ganzen guten Menschheit, nachdem sie wieder zum Leben gerufen ist, der Unsterblichkeitstrank Soma durch den göttlichen Vorsteher des Opferdienstes in Form eines Opfers und in Begleit einer Thierschlachtung dargebracht. Mit dessen Genuss hören für die Menschen alle Leiden der Sterblichkeit auf. Sie steigen empor zu derselben Glückseligkeit wie die Götter, und mittelst desselben Trankes: wenn nun in unserm Fall des letztern Darbringung als Opfer gefasst ist, da es sich doch um Menschen handelt, wie viel mehr muss es als solches gefasst worden sein bei den Göttern, gleichviel wer als Uropferer gedacht wurde. Wir dürfen noch weiter zurückgehen: in einem Punkte wenigstens weist die germanische Sage auf ursprüngliche Fassung des Ambrosia als Opfer;

wie nach der indischen Indra, so leert nach ihr Odin den Trank in drei Zügen. In diesen sind aber schon längst die drei Spenden erkannt worden, aus denen unter Andern auch bei den Griechen das Trankopfer bestand. Wenn aber sonst die Germanen und vollständig die Griechen ihr Ambrosia von der Opfergabe trennen, so hat das seine Analogie im indischen Mythus: der in späterer nachvedischer Zeit auch beides trennt und die Bereitung des Tranks in ganz neuer Weise erzählt.

Auf dem Wege hat es klar werden können, wie das Bittopfer aus einem Darbringen der menschlichen Nahrung bestehen kann. Die Götter sollen gekräftigt und befähigt werden zur Befriedigung der menschlichen Wünsche. Dazu ist nicht nur das Opfer, auch die es begleitenden Ceremonien, namentlich Gesang und Musik, bestimmt. Es ist aber auch klar geworden, welch ganz anderes Bild, — von den hiemit gewonnenen Grundgedanken des Cultus ausgehend, — wir von der Religion selbst gewinnen. Die Götter verehrt als Willensvollstrecker der Menschen, und mit Opfergaben bedacht als deren bedürftig. Ihr Wirken den Menschen dienend und zugleich von den Menschen abhängig. Das sind eben die Gedanken, welche die ganze brahmanische Religion von ihren ersten wahrnehmbaren Anfängen bis auf den heutigen Tag durchdrungen und getragen haben. Ich will mich gar nicht berufen auf die zahlreichen Stellen der vedischen Lieder, wo alle die grossen Thaten der Götter aus der ihnen im Opfer eingeflössten Kraft hergeleitet werden, wo geschildert wird, wie Indra, berauscht vom Soma, den ihm der Priester hingegossen, die 99 Burgen zerstörte, die Wolkendämonen erschlug und die feindlichen Heere vernichtete. Dieselben Vorstellungen sind zu allen Zeiten mit der indischen Religion verknüpft gewesen. Nicht die Götter gelten als Geber der Gaben: aus den heiligen Handlungen, aus den Liedern, ja aus deren Metren geht aller Reichthum und alles irdische Glück hervor. Als König Viçvamitra in der Begierde ein Brahmane zu werden, sich tausendjährigen Bussübungen unterzog, schöpft er aus diesen eine solche Kraft, dass er einen neuen Himmel aufzubauen unternehmen kann. Und wenn endlich in der Religion, worin die religiöse Entwickelung Indiens ihre äusserste Weiterführung und zugleich ihre Verklärung gefunden hat, wenn im Buddhismus die Götterwelt ganz zu Boden fällt, wer wird leugnen, dass von jenem indogermanischen Opferbegriff bis dahin zwar ein weiter, aber vollkommen gerader Weg führt. Freilich die Frage liegt nahe, warum in diesem Falle die andern Völker nicht eine ähnliche religiöse Entwickelung aufweisen. Es liesse sich einfach mit der Gegenfrage antworten: warum lauten Griechisch und Deutsch nicht wie Sanskrit, wenn denn dieses das getreueste Ebenbild der Ursprache ist? Die Inder sind immer stationär gewesen, die occidentalischen Völker immer beweglich und veränderlich. Auch ist ein Punkt nicht ausser Acht zu lassen. In den vedischen Liedern selbst finden wir Schritte dahin gethan, einzelne Götter zu verklären und persönlich und frei zu gestalten. Varuna z. B., der nächtliche Himmelsgott, Wächter über Unrecht und Wecker des Gewissens, empfängt Hymnen, die ihrem religiösen Gehalte nach von einem griechischen Lyriker verfasst sein könnten. Und umgekehrt zeigen auch die occidentalischen Stämme neben ihrem Glauben an freie und mächtige und von sittlichen Triebkräften bewegte Götter Vorstellungen, die mit den indischen unverkennbar verwandt sind. Ich erinnere an die nordischen Sagen von dem Untergang der Götterwelt, an die Moira und die andern Schicksalsgottheiten, die bei

Griechen und Römern neben und über den Göttern stehen und, worin vielleicht die nächste Berührung, an die vielen Dienstbarkeiten der Götter bei den Griechen. Diese Vorstellungen traten aber, obgleich in ihnen vielleicht die ältesten Gedanken enthalten waren, zurück hinter die allgemein gültigen Anschauungen, gerade wie jene vedischen Anläufe zu gleichsam apollinischen Gestalten untergingen in dem Strom, der zu immer weiterer Herabsetzung der Götter hindrängte.

Diese Herabsetzung aber war bei den Indern auch mit positiven Schöpfungen verbunden, vermöge ihres Bestrebens das hinten und oben an der beschränkten Götterwelt liegende etwas bestimmter zu fassen. Mit den Indern gemein haben schon die Eranier als Personification des Trankopfers den Soma. Aber während er hier als blosser Genius auftritt, wird er bei den Indern zu einem bedeutenden Gott erhoben; er wird zwar nicht der erste unter den Göttern, aber er schwebt über allen. Da wird er — man beachte also: das personificirte Trankopfer — genannt Schöpfer von Himmel und Erde und des höchsten Gottes Indra selbst, ja Vater aller Götter, Stütze des Himmels und Grundstein der Erde. Und ebenso gilt Agni, der Gott des Herd- und Opferfeuers, als erster und letzter und König unter den Göttern: ja gelegentlich als Inbegriff ihrer Aller.

Endlich die mächtigste und darum durchdringende Gestalt: das Brahma. So heisst ursprünglich die heilige Handlung als Ganzes oder in ihren einzelnen Theilen. Dann aber erscheint die Bedeutung des Wortes vergeistigt, insofern es den Inhalt der heiligen Handlung bezeichnet, die geheimnissvolle Kraft, welche durch die verschiedenen Ceremonien erzeugt den Göttern eingeflösst wird. Brahma ist somit eine neue tiefere Fassung des Unsterblichkeitstranks, das Lebensprincip der Götter und die Urquelle alles

Seins. Damit war aller spätern Speculation das Thema gegeben: keine ihrer Entdeckungen war folgenreicher als, was der weise Çandilya verkündete, dass das Brahma eins sei mit der menschlichen Seele.

So wurden die Gedanken der Urreligion im Brahmanismus weiter geführt. Ob aber auch deren Institute? Man wird ein mächtiges Priesterthum unverträglich finden mit den patriarchalischen Zuständen des Urvolks. Allein diese, wie alle indogermanischen Idyllien, beruhen auf Träumereien. Zudem kennen alle Stämme von der ersten, geschichtlicher Kenntniss zugänglichen Zeit an mächtige Priesterschaften. Man wird zwar dem, was hiefür durch Italer und Celten, Slaven und Preussen, Inder und Eranier übereinstimmend erwiesen wird, entgegenhalten das Zeugniss des Cæsar über die Germanen, der sie unpriesterlich nennt und das priesterfeindliche Verhalten des ältesten Griechen bei Homer. Aber Cæsar kann, wie zahlreiche anderweitige Nachrichten erweisen, nur um des Gegensatzes zum Druidenthum willen so gesprochen haben. Und wenn Homer trotz und neben seiner Abneigung gegen die Priester derselben viele und angesehene erwähnt, so kann die Errichtung ihres Amtes nur einer vorausgehenden, weniger weltlich gesinnten Zeit angehören. Homer zeugt somit gerade für Geltung des Priesterthums in der ältesten Vorzeit Griechenlands. Die Indogermanen besassen also Priester. Wir können sogar ihren Namen nachweisen. *Flamen* war bei den Römern der Titel nicht nur jener drei höchsten, in vornehmer Abgeschlossenheit lebenden Opferer des Jupiter, Quirinus und Mars, sondern auch der Opferpriester von Collegien, Curien und Geschlechtern und war als solcher auch bei den Gemeinden Latiums und des übrigen Italiens verbreitet. Dieses *flamen* ist aber Laut für Laut dasselbe Wort mit dem indischen *brahman,* und dieses also schon Titel jener ältesten Priester, die auf den Höhen des Kaukasus oder des Hindukusch opferten. Es gab also Brahmanen, bevor es Inder gab. Man unterschätze diese Eine sprachliche Thatsache nicht. Sie zeugt für die Continuität der religiösen Entwickelung von jener Urzeit bis auf das Indien des heutigen Tages. Wäre das Brahmanenthum eine Neuschöpfung, so hätte es den alten Namen nimmer beibehalten. Beweis dafür einerseits die einen gewaltigen Umsturz darstellende Religion Zoroasters, die sammt den alten Göttergestalten auch den alten Priesternamen von sich geworfen hat, anderseits der auf naturgemässer Entwickelung beruhende Buddhismus, der den Ehrentitel Brahmane nicht fallen lässt, sondern sich darauf beschränkt ihn seinen Grundsätzen gemäss zu vergeistigen und ihn dem gütigen tüchtigen Menschen verleiht.

Und nicht einmal sind wir beschränkt auf die Uebereinstimmung im Namen. Vorerst eine andere im Verhältniss zu den hier gestellten Fragen vielleicht geringfügige.

Neben den Flamen haben die Römer den Pontifex gestellt. Jener ist der Opferer, persönlicher Leiter und Vollführer der heiligen Ceremonie, er steht mit dem Gotte in unmittelbarem Verkehr. Der Pontifex dagegen, speciell der Pontifex maximus, opfert zwar gelegentlich auch selbst, sein eigentlicher Beruf aber ist die Beaufsichtigung und Verwaltung des Gottesdienstes. Weltlichen Magistraten gewährt er Gutachten und Assistenz in Cultusangelegenheiten, anderseits ordnet er das Ritual und controlirt dessen Beobachtung durch den Opferpriester, über den ihm Ernennungsrecht und Disciplinargewalt anvertraut ist. Die Hieropoioi und Hieromnemones der Griechen sind ziemlich getreue Gegenbilder der Pontifices, insofern sie zwischen politischen Behörden und Opferpriestern vermitteln und bei der heiligen Handlung die erstern vertreten, die letzteren beaufsichtigen, unterscheiden sich aber von den Pontifices durch ihre geringe Bedeutung und ihre Geltung als Staatsbeamte, während die Pontifices durchaus Priester sind. Um so grösser ist hier die Uebereinstimmung zwischen Römern und Indern. Dieselben kennen neben den zwei, später drei functionirenden Priestern noch einen dritten, resp. vierten, der nicht mit zu handeln, sondern über die Ceremonien zu wachen und jeden dabei begangenen Irrthum anzumerken und als Opferarzt zu heilen hat. Er ist also Vorsteher des Gottesdienstes und nimmt kraft dessen und der dazu erforderlichen tiefen Kenntniss des Rituals und der heiligen Texte eine hohe Stellung ein. Seine Aehnlichkeit mit dem Pontifex erstreckt sich weiterhin auf seine Stellung zum König, als dessen Purohita er Begutachter und Verwalter von jenes Cultus ist. Diese Uebereinstimmungen führen auf Bestehen des pontificalen Amts in der Urzeit, freilich nicht mit der bei den Römern üblichen scharfen Trennung von Opferpriesterthum, sondern eher nach dem indischen System, wo dasselbe jeweilen von dem bejahrtesten der functionirenden Priester versehen wird. Daher stimmen auch die Benamungen bei den beiden Völkern nicht, da gerade der Brahman im engern Sinne nicht als Flamen, sondern als Pontifex auftritt.

Ein alter Priestertitel scheint dieses Pontifex immerhin zu sein. Die altübliche Herleitung des Namens von dem Opfer dieser Priester auf dem uralten pons sublicius ist unhaltbar, weil dieses Opfer nur eine unbedeutende Stelle in ihrem Amt einnimmt, weil ferner das Opfern auf einer Brücke doch nicht als Verfertigen dieser Brücke kann bezeichnet werden, endlich weil der Titel auch in andern italischen Gemeinden vorkommt, wo möglicherweise gar keine Brücke von Bedeutung existirte. Wir müssen, um den Nâmen zu erklären auf Anschauungen zurückgehen, die bei den europäischen Völkern, wie es scheint, verloren, aber in den alten vedischen Liedern an vielen Stellen niedergelegt sind: Vorstellungen von Pfaden durch Himmel und Luftreich, auf denen die Götter zur Opferstätte und die Opfer zur Wohnung der Götter steigen. Die Existenz und die Gangbarkeit dieser Pfade d. h. der Verbindung zwischen der Opfergemeinde und den Göttern hängt ab von der Geschicklichkeit des Priesters, der durch Gesänge und Sprüche die Götter herablockt und durch Ceremonien das Opfer hinaufsendet. In diesem Sinn kann der Priester wohl Pfadbereiter heissen, und nichts anderes heisst Pontifex, sofern wir nämlich die ältere Bedeutung von pons: Weg, zu Grunde legen.

Dies ein Zeugniss für den Grad der Ausbildung der priesterlichen Institutionen in der Urzeit. Freilich, den Grad des priesterlichen Einflusses fest bestimmen zu wollen, wäre vermessen. Werthvoll muss aber eine andere Erwägung sein. Ihre hohe Stellung leiten die Brahmanen selber nicht her von auf ihnen ruhender göttlicher Majestät und beanspruchen daher niemals selbst königliche Gewalt. Vielmehr berufen sie sich auf den Einfluss, den sie vermittelst der Opfer auf die Götter ausüben und mittelst dessen sie dem König und allen andern gegenüber als Spender des irdischen Glücks auftreten können. Es beruht also die Macht der Brahmanen auf dem durch die Inder verschärften indogermanischen Opfergedanken. Eben darauf ihr zähes Festhalten an der Tradition des Opferrituals und der heiligen Litteratur: denn die Kenntniss beides ist das Geheimniss ihrer Macht. Darauf endlich beruht jene einzigartige Erscheinung, dass eine über alles Maass am Alten und an ihren Vorrechten festhaltende Priesterschaft so freier Speculation sich hingab und sich oberhalb der Götter fühlte. Aber eben weil das Alles schliesslich auf urzeitlichen Vorstellungen beruht, dürfen wir das Brahmanenthum, so wie es war, als ein von den Indern nicht neugeschaffenes, sondern nur ererbtes und ausgebildetes Institut betrachten, ohne darum uns zu wundern, wenn die andern Stämme, denen die religiösen Anschauungen, worauf es ruhte. fremd geworden waren, in keinem ihrer Institute es erreichen. Und doch: ist dem brahmanischen Priester, der den widerspenstigen Gott hungern lässt, so sehr unähnlich die älteste vielleicht und tiefsinnigste Gestalt des griechischen Glaubens: Prometheus, der erste Opferer und der erste Verächter der Götter?

Die moderne Sprachwissenschaft ist aufgewachsen und nährt sich noch immer am Sanskrit, obgleich dasselbe nicht das Leben der Ursprache bewahrt hat, vielmehr an Stelle ihres freien Lebens die starre ausschliessliche Regel gesetzt, w e i l es vermöge eben dieser Starrheit allem Wandel der Zeiten getrotzt und die Sprache der Urzeit in treuestem Ebenbild erhalten hat. Dieselben Verhältnisse zeigt und hat damit denselben Werth für uns das Brahmanenthum. Auch das Brahmanenthum ist schon seit Jahrtausenden freier Bewegung abgestorben und hat die Gedanken alter Weisen zu Dogmen und den geehrten Stand zur exclusiven Kaste werden lassen. Aber eben dadurch hat es vermocht entgegen allen Volks- und Zeiteinflüssen eine grosse Vergangenheit festzuhalten. Es steht da ein Ueberrest aus ältester Vorzeit in einer veränderten Welt und stellt uns jene in lebendigerem Bilde dar, als alle Steindenkmäler Aegyptens und Assyriens.